这本书属于

———————————————

著作权合同登记号：图字 01–2022–6330 号

Author: Quentin Blake
THE STORY OF THE DANCING FROG

图书在版编目（CIP）数据

会跳舞的青蛙运气不会差 / (英) 昆廷·布莱克绘著;
张法云译. -- 北京：人民文学出版社, 2023
（国际安徒生奖得主昆廷·布莱克桥梁书）
ISBN 978–7–02–017810–0

Ⅰ.①会… Ⅱ.①昆… ②张… Ⅲ.①儿童故事 – 英
国 – 现代 Ⅳ.①I561.85

中国国家版本馆CIP数据核字(2023)第031301号

责任编辑　胡司棋　　杨　芹
装帧设计　汪佳诗

出版发行　人民文学出版社
社　　址　北京市朝内大街166号
邮政编码　100705

印　　制　凸版艺彩（东莞）印刷有限公司
经　　销　全国新华书店等

字　　数　16千字
开　　本　890毫米×1240毫米　1/32
印　　张　2.625
版　　次　2023年4月北京第1版
印　　次　2023年4月第1次印刷

书　　号　978-7-02-017810-0
定　　价　35.00元

如有印装质量问题，请与本社图书销售中心调换。电话：010-65233595

国际安徒生奖
得主
昆廷·布莱克
桥梁书

会跳舞的青蛙运气不会差

〔英〕昆廷·布莱克 绘/著　　张法云 译

人民文学出版社
PEOPLE'S LITERATURE PUBLISHING HOUSE

“再给我讲一个我们家族的故事吧。”乔说。

“宝贝，妈妈真的太累了。”

“如果我去泡杯可可，再做点儿三明治，怎么样？”

　　"好吧。我都和你讲过哪些事啊？杰弗里叔叔的冰山奇遇，还有莎拉和她的狮子。你知道老祖母格特鲁德·戈德金和那只会跳舞的青蛙的故事吗？"

　　"不知道，可以讲给我听吗，妈妈？"

　　"那你去泡杯可可，我看看我还能记得多少。"

"格特鲁德年轻时嫁给了一位海军军官。他长着黑色的胡须，穿着笔挺的军装，看起来非常英俊。

　　"但是，和海军军人结婚有一个麻烦，那就是他必须跟船出海，很多时候无法和心爱的人在一起。不管怎样，他们一起生活时真的很幸福。他们在海边有一幢房子，格特鲁德会在门口等待她丈夫返航，而她丈夫会给她带回国外的礼物。"

"是什么样的礼物呢？"

"有带折叠撑腿的小铜桌、木头骆驼和雕刻精美的匕首。"

"有一天，她丈夫的船没能如期归来。

　　"格特鲁德等了又等。然后，海军军队来信说，那艘船沉没了，她的丈夫被淹死了。收到这样一封信该有多糟糕啊！"

　　"是的。"

　　"她走出家门，沿着河边一直走。她觉得心灰意冷，差点儿跳进河里去，这样就能和她的丈夫一样被淹死，结束这一切了。

"但是，有个东西吸引了她的注意力。她看到河里

睡莲叶子上有一只青蛙，它正在跳舞。

"格特鲁德站在那儿看它跳舞，然后，可能她自己也不清楚为什么，就走进河里抱起那只青蛙，并将它带回了家。

　　"一到家，格特鲁德就把青蛙放在厨房的水桶里。第二天，她在花园里为青蛙挖了一个池塘，然后就待在池塘边，看青蛙在里面游来游去。有时候青蛙还会到草地上跳一会儿。

"那天晚上，格特鲁德吃了一些东西，然后打开发条留声机播放唱片，这台留声机可是她的结婚礼物啊。之后，她去花园把青蛙抱进屋，放在厨房的桌子上。青蛙跳起了一种全新的舞蹈——和音乐非常合拍。

　　"之后我们也不知道发生了什么，总之，那只青蛙开始登台表演。可能格特鲁德认识剧场的工作人员，而青蛙会跳舞这件事确实也很不寻常。

"格特鲁德失去丈夫之后，肯定也没有什么钱，她很开心能够有赚钱的机会。不管怎样，青蛙的名字第一次出现在了剧场的海报上，海报底部写着：乔治，一只会跳舞的青蛙。"

"那是它的名字吗？"

　　"我不知道。这也可能只是它的艺名。之后，格特鲁德带着青蛙游历全国，哪里有表演机会，他们就去哪里。这对格特鲁德来说肯定很不容易——她得背着沉重的行李，住在廉价的小旅馆里，遇到店主不愿让青蛙进屋时，格特鲁德还要和他们争论。

　　"但是，他们也交到了许多朋友。有一次，乔治参加魔术表演，它钻过一个铁环，然后魔术师把它变没了。

　　"而在另一次表演中，当喜剧演员假装喝醉时，乔治从帽子里跳了出来。"

　　"爸爸说那只是浅酌一杯。"

"没错，宝贝。乔治学会了很多新的舞蹈——枪骑兵方块舞、快乐戈登舞和波尔卡舞。

"有一天，一个消息传来，一下子改变了他们的命运——城市剧场正在招聘表演者。剧场里那条会说话的狗生病了，喉咙疼，急需新的演员代替它登台表演。乔治得到了这份工作。它尽情地舞蹈，一夜成名，大家都想见见它。

　　"他们的生活发生了翻天覆地的变化。人们纷纷为乔治送来鲜花，守在后台入口等着见它一面。新闻记者采访格特鲁德，询问关于乔治的事情。各种沙龙的女主人纷纷邀请乔治参加她们的派对。

"乔治受邀来到高档餐厅就餐。一位大名鼎鼎的主厨甚至特地为它制作了一道菜——黄油沙司虫。"

"呃，真是精心烹制的虫子啊。"

"不，虫子并没有进行任何烹制。青蛙不吃死掉的东西，那些虫子还是活的。"

　　"至少他们不再贫穷了，但是，格特鲁德需要做的
事情也更多了。她要筹划他们的所有行程，要买火车票，
还要安排行李托运，等等。但像这样的全世界巡演肯定

很刺激，他们会来到陌生的城市，在温暖的夜晚仰望满

天繁星。

　　"在巴黎的时候，乔治和一位身穿羽毛裙的女孩一起跳舞，观众席一片沸腾。

　　"乔治还曾和另一位挥舞长丝带的女孩一起跳舞，简直精彩绝伦。

　　"乔治与西班牙舞者共舞时，它的呱呱声甚至盖过了响板的声音。

"在俄罗斯的时候，乔治出演了特别版的《天鹅湖》，它比所有芭蕾舞者跳得都要高。

"在摩纳哥的蒙特卡洛市时，一位英国勋爵向格特鲁德求婚。

"'女士不应该过这样颠沛流离的生活，'他说，'我在乡下有一幢庄园，在伦敦也有一幢，我会为你准备好一切。请结束现在的生活，嫁给我，成为贝尔韦代雷夫人吧。'这个提议真是太诱人了。

"谁知道乔治还能红多久呢？但是他们已经在准备

去美国的演出了，她知道自己不能放弃。所以，贝尔韦代雷勋爵只能接受格特鲁德的拒绝了。

　　"他们巡演到纽约时，发生了一场可怕的大火。当时乔治正在排练一出音乐剧。演出前的那天晚上，他们入住的酒店着火了。

"那会儿，格特鲁德在街上买晚报，她看到滚滚浓烟从酒店的窗户里冒出来。乔治正在十三楼的房间里，但格特鲁德根本回不去啊。突然，她看到他们的房间窗户开着，乔治正蹲在窗台上。

　　"那时候消防车也到了。格特鲁德从消防员那里夺
过一桶水，拔高嗓门对着乔治大喊。

"乔治从一百二十英尺*高的地方跳下，不偏不倚地跳进了那个水桶，这一定是它做过的最不寻常的事——无论是在台上还是在台下。

*约为 37 米。

　　"后来乔治登台表演，它的表现比以往更加精彩。

演出结束时，观众们起身鼓掌，掌声持续了二十分钟。

"他们的生活就这样继续下去。尽管现在已经没什么人记得他们了，但是他们当时真的很成功。"

"没能嫁给贝尔韦代雷勋爵，老祖母后悔吗？"

"我想她没对人说过这一点。"

"她爱青蛙更多一点儿。"

"或者说，他们一直互相照顾。"

"他们最后怎么样了呢？"

　　"家族里的人最后一次见到他们还是在第一次世界大战前。他们住在法国南部的一幢小屋里，乔治还有一个专门的水池。

"格特鲁德种了一些蜀葵，还把所有关于他们的新闻报道做成了剪报。天气温暖的日子里，她就用喷壶给乔治洗淋浴。"

"他们现在死了吗？"

"这是很久以前的事了，我想他们应该去世了。"

乔收拾好杯子和盘子。

"这个故事是真的吗？"

"或多或少吧。"

"但是青蛙不会跳舞啊。"

"一般来说不会。"

"而且没人能抓住青蛙，并把它放到舞台上。"

"迫不得已的时候，你什么都能做到。"

"我想是的。"